AF410932

LETTRE

DU

MARQUIS DE L***,

QUINZE JOURS AVANT SA MORT.

AVERTISSEMENT

DE L'IMPRIMEUR.

Puisqu'aujourd'hui une Pièce qui court manuscrite, se corrompt en se transcrivant, & finit par devenir l'ouvrage des copistes, j'ai cru devoir imprimer les deux Lettres suivantes, afin de leur rendre leur première existence. J'y ai joint quelques bagatelles de l'Auteur de la Réponse, & j'ai eu soin de ne rassembler que celles qui lui ont valu des ennemis. La critique doit pardonner bien des fautes en faveur de ce résultat.

LETTRE

DU

MARQUIS DE L***,

QUINZE JOURS AVANT SA MORT;

AVEC LA RÉPONSE

DE M. DE C....,

Et plusieurs petites Pièces du même Auteur.

A LONDRES.

M. DCC. LXXXVIII.

LETTRE

DU

MARQUIS DE L***,

QUINZE JOURS AVANT SA MORT;

Avec la Réponse de M. de C.....; & plusieurs petites Pièces du même Auteur.

A Paris, ce 1 Août 1785.

Tout le monde dit que j'ai perdu la tête; je crois, mon cher C...., que, par égard pour moi, tu déranges la tienne. Tu m'écris que tu t'ennuyes en prison; tu n'as donc plus d'ennemis? J'ai trop bonne opinion de toi pour le croire, & tu as tout ce qu'il faut pour n'en jamais manquer.

> L'inimitié des sots est le noble apanage
>   Des mortels sans frein, tels que nous;
> Avec notre talent, de l'encre, & du courage,
>   Les malheureux font des jaloux.

A

Tu as beau dire ; ta situation vaut mieux que la mienne. Tu as quelques chaînes, & j'en ai mille : tu t'ennuyes de tout ce que tu ne vois pas ; & moi, de tout ce que je vois. Tu ne jouis pas, & je jouis mal. Ainsi, console-toi, & attends notre première entrevue, pour revivre ensemble. Nous nous entendons de trop loin, pour qu'on nous sépare jamais, & l'on nous redoute trop pour cesser de nous redouter. Je mûris dans ma tête un plan de campagne pour ton retour ; je te menerai dans une contrée où l'on pense, où l'on jouit sans blesser l'autorité & la sottise. Tu vois que c'est loin d'ici : ainsi, force foin dans tes bottes, force plumes dans ton cornet. La base de mon projet, est de nous faire aimer un mois de suite sans accident. Je te séduirai tous les maris, & tu me repasseras toutes les femmes ; le triomphe est sûr, si nous sommes inconnus. Dans le doute, il faudra triple masque à notre cœur, triple masque à notre ame ; & ma foi, si l'on nous découvre, nous serons plus attrapés qu'eux.

Va, nous ne perdrons jamais rien

A nous montrer ce que nous sommes ;

Disons beaucoup de mal, faisons un peu de bien,

Nous vaudrons mieux qu'un million d'hommes.

Je fuis malade fans maladie ; car je ne fouffre qu'en réfléchiffant. Ma femme me foigne pour irriter mon mal ; mais quand elle fe feroit recevoir médecin comme *Argas* , je ne l'aime pas affez pour mourir bientôt. Tu évalues la Dame ; tu fais ce que j'en voulois faire en l'époufant , & ce que j'en ai fait en l'enrichiffant. Si tu l'ignorois, tu l'apprendras dans *notre Encyclopédie* , article MONSTRE. Ce mot renferme tout ; moral , phyfique , tout y eft. Ce qu'il y a de plaifant , c'eft que fa fociété me plaît affez ; aux coups de poignard près , elle eft aimable. Elle tire de fes dents tout le parti qu'une femme de quarante ans en peut tirer. Elle déchire tout ce qui m'entoure ; mais je lui pardonne , c'eft de la befogne qu'elle m'évite. A l'égard de toi , elle t'exerce ; tu vois qu'elle te fait affez joliment fa cour. Mais je l'en punis bien ; car je t'aime plus que jamais. Les défordres de ta vie m'attachent naturellement à toi. Je fuis cependant jaloux de tes difgraces. A vingt-cinq ans , je n'avois pas encore la plus petite lettre-de-cachet par-devers moi. Aurois-tu plus d'énergie que moi ? Non ; je vois d'où cela vient. J'ai eu affaire à des bêtes , & toi à des fots. J'ai corrigé , tu as irrité ; j'ai été plus redouté , & toi plus perfécuté.

A ij

Aujourd'hui , la fottife a dégradé l'efpèce ;
    Honneurs, plaifirs, tout eft honteux
    A l'afpect de tant de baffeffe.
Le fatyrique afpire à n'être pas heureux ;
    Il y confacre fon efprit :
Il ne redoute rien , & rien ne l'importune.
On l'attaque, il réfifte ; on l'accable, il fourit :
    Son triomphe eft dans l'infortune.

En voilà plus qu'il ne t'en faut pour te tran-
quillifer ; ainfi , j'efpère que tes lamentations
vont fe changer en chants d'allegreffe. Je ne te
mande rien de nouveau ; je n'ai pas la platitude
d'être au courant de ce qui fe paffe. Les grands
événemens font fi petits , & les petits paroiffent
fi grands , que j'ai pris le parti de les méprifer
tous. Je ne vais plus aux Pièces nouvelles, depuis
qu'on les fiffle à la lecture. Il eft plus commode
d'en faire juftice au coin de fon feu , qu'entouré
de la canaille , qui mérite elle-même plus de fif-
flets , que de bons ouvrages. FIGARO tapiffe toujours le coin des rues. Son fuccès ne m'en-
traîne , ni ne me fufpend. Ce gueux de ......
a fait un calcul de charlatan, qui lui a réuffi ; il
a infulté toutes les claffes d'hommes , excepté
celle qu'on ne refpecte qu'en corps ; & fembla-
ble à un filou, la foule l'a favorifé. Le peuple l'a

cru le vengeur de fa misère ; la Cour, le peintre de fa ...., & tous deux lui ont fait trop d'honneur. Il a étudié le vice dans quelques anti-chambres de Verfailles , a vécu à Paris avec des femmes faciles & des hommes médiocres ; & du tout, a fait une Macédoine dramatique , qui a, fur nos Comédies modernes , l'avantage que le cabaret a fur le ....; mais je te parle trop d'un fpectacle qui m'a ennuyé , & je finis ma Lettre *in-folio*.

Je crois , malgré ma tranquillité, que je file une maladie férieufe ; mais je la méprife , & la laiffe faire fes progrès ou s'éteindre. J'ai renvoyé mes Médecins ; c'eft une chanfe de plus pour moi ; & fi j'en reviens, je ne devrai la vie à per-fonne. Si je rends ce que tant de gens perdent fans mourir, regrette-moi fans t'affliger ; imite-moi , fans te perdre, & meurs fans changer de vie : tu perdrois tout ton mérite , même aux yeux des fots.

Adieu, C....; ne laiffe faire mon épitaphe à perfonne. Je ne crains pas d'être loué , encore moins d'être déchiré ; mais je ne veux être nom-mé que par toi.

RÉPONSE.

A Ham, ce 8 Août 1785.

Tu as bien raiſon, mon cher L...., de t'at‑
tendre, après ta Lettre, à mon changement
d'humeur. Je m'aſſoupiſſois ſur le mépris que tout
m'inſpire. Tu m'écris ; ton eſprit ranime le
mien. Tu te trompes cependant ſur la cauſe de
mes ennuis ; tu me ſoupçonnes d'oublier mes en‑
nemis ? C'eſt le contraire qui m'endort ; j'eſtime
leur haine, mais leur ſouvenir me fatigue.

> Berner les ſots, eſt un plaiſir ſtérile ;
> En être craint, n'eſt pas fort glorieux :
> Les mépriſer, eſt bien facile ;
> Les oublier, vaut encor mieux.

C'eſt le parti que j'ai pris, en leur ſouhaitant
le réciproque. Alors ma tranquillité ſera digne de
ton génie : alors tu pourras comparer mes chaî‑
nes réelles avec tes chaînes idéales, & peut-être
préférer ma poſition. Je brûle cependant d'aller
perdre cet avantage à tes côtés ; car je ſuis moins
Philoſophe que toi ſur notre ſéparation. Je ſens

bien toute la valeur de notre correfpendance ; notre intelligence eft un porte-voix dont nul mortel n'a l'embouchure. Mais qu'eft-ce que s'entendre , quand on fe fait par cœur ? C'eft jouir du paffé ; c'eft-à-dire, d'une vieille maî-treffe. Maintenant, je fuis le trifte Amant du futur. Ton plan de campagne me ravit; mais j'opine pour que nous combattions fans être plaftronnés. Il eft tems de nous faire aimer par tout ce qui nous faifoit craindre. L'efpèce hu-maine eft aujourd'hui fi dupe! On féduit les hommes fans les tromper, & on a les femmes fans les féduire.

> Les hommes, en s'abrutiffant,
> Deviennent méchans fans malice;
> Les femmes, en s'aviliffant ,
> Perdent jufqu'aux charmes du vice.
> Fuis-les, crois moi; car autremeut
> A leurs ennuis tu participes.
> Pour vivre avec nous dignement,
> Il faut des hommes fans principes ,
> Des femmes à tempérament.
> Les uns font aimables fans crainte,
> Les autres, tendres fans pudeur :
> On a de l'efprit fans contrainte,
> On a du plaifir fans langueur.

Pardon, si je renchéris sur tes idées : mais tu t'avoues malade imaginaire ; ainsi, je puis, sans t'offenser, saisir ce qui t'échappe. Ce que tu me mandes de ta femme, seroit surnaturel pour tout autre que ton confident. Je la connois assez pour te plaindre. Tu ris de ses noirceurs, c'est très-bien fait ; mais quand on joue avec les lions, il faut être cuirassé, sans quoi les caresses sont bientôt meurtrières. Conviens au surplus que tu n'as que ce que tu mérites. Quelle extravagance à toi, après avoir eu le bon esprit de prendre tes maîtresses au b....., de prendre ta femme au couvent ! Tu as fait comme L. XI, qui tiroit son Chancelier & son Cuisinier de la même école ; mais au moins il les faisoit pendre, quand ils abusoient de leur pouvoir : mais toi, tu encourages l'audace en la méprisant. Crois-moi, prends un milieu entre sa cruauté & ta douceur, & renvoie ta mégère. Ce n'est pas la vengeance qui m'inspire ce conseil ; tu sais bien que sa haine resserre notre liaison : c'est ton intérêt, & peut-être le sien. Tant que je lui déplairai, je ne lui voudrai jamais du mal ; il faut faire le bien pour le bien.

Je desire trois choses pour mon retour ; te trouver guéri, heureux & isolé. Je te compare à un gros diamant ; tu es trop brillant pour être entouré. Si mes défordres t'attachent à moi, l'averfion que ton génie infpire , m'enchaîne à ton exiftence. Tu es jaloux des difgraces que j'effuye ; je le fuis de toutes celles que tu mérites. A l'égard de ma fermeté, tu me l'as rendue toute entière.

Puis-je craindre mes ennemis,
Quand je fuis affranchi du malheur de leur plaire ?
Plus ils font acharnés, plus ils me font foumis ;
Ma plume eft l'aiguillon de leur foible colère ,
Ma tranquillité les irrite.
Je vois, d'un œil conftant, leurs complots ténébreux ;
Leurs outrages font mon mérite,
Leur baffeffe me venge d'eux.

J'efpère qu'en faveur de ce petit paquet de vers , tu me pardonneras mes jérémiades. Mon apathie étoit excufable ; tu m'oubliois ! & fans ta Lettre , je tombois dans le matérialifme. Ton ftyle électrife le mien ; & le difciple , éclairé par le feu du maître , fait réjaillir fur lui quelque étincelle.

Puifque tu immoles au coin de ton feu la vale-taille littéraire , & que tu comptes autant de victimes que d'imprimés , je ne te demanderai rien , de peur de t'embarraffer , & ne te parlerai de rien , de peur de t'ennuyer. Seulement , je te ferai remarquer que tu es bien généreux d'accorder à Beaumarchais les honneurs de l'analyfe. Je crains que fon monftre dramatique ne t'ait plu, & que tu ne t'en venges en l'écrafant. Alors le pinceau du dépit feroit devenu dans tes mains, celui du dieu du goût. Mais, non ; l'énergie & la juftefle te font naturelles ; & fi tu as daigné examiner *Figaro* avec foin, c'eft que tu l'as jugé comme ces grands criminels dont on fait traîner les procédures. J'ajouterai , à tout ce que tu en as dit , que la Comédie qui opère la plus petite réforme, me femble bien au deffus de celle qui obtient un grand fuccès. Il manque bien des chofes à l'écrivain qui ne fait que plaire; voilà Beaumarchais. Il a frappé à toutes les portes, & n'a réveillé perfonne.

> Peindre le vice, eft un foible mérite ;
>> Quelquefois c'eft le faire aimer.
> Un plat fripon, que le théâtre imite,
>> Se reconnoît pour s'eftimer.
> Ainfi, veut on réuffir parmi nous ?
> Pour chaque vice, il faut de l'indulgence ;
>> Beaumarchais, en les flattant tous,
>> A raffemblé toute la . . . . .

Je te dirai le plan d'une Comédie moins attirante & plus vigoureufe que *Figaro*, fi ton efprit n'avoit pas befoin d'inaction. Je t'avouerai que

ta maladie m'alarme ; ton indifférence réfléchie
fur ce qu'elle peut devenir , augmente encore
mes craintes. Crois-moi, mon cher L...., méprife la vie ; mais ne fais rien pour la perdre.
Garde-même un Médecin ; ne fais que la moitié
de fes remèdes, tu auras pour toi le hafard & la
nature. Sur-tout, éloigne ta femme ; je crains
fes bouillons. Es-tu fou de me commander une
épitaphe ? Eft-ce que je fais comment cela fe fait ?
Je n'ai jamais regretté perfonne, & je n'appren-
drai pas à faire des épitaphes pour te regreter.
Ainfi , pour te punir de cette impertinence ,
j'ai effayé de rimailler la tienne de ton vivant. Je
te l'envoie.

Ci gît , qui poffédoit dans ce fiècle ftérile,
Le cœur de Lovélace & l'efprit de Piron ;
En charmant la pudeur, il la rendit facile ;
En chanfonnant le vice, il le rendit poltron.

Adieu , L.... ; daigne , par complaifance
pour moi, t'occuper de ton rétabliffement. Ré-
fléchis que tu es le feul être qui me connoiffe ;
que je fuis le feul qui t'évalue , & qu'abfens l'un
de l'autre , nous fommes expatriés.

C....

DISTIQUE

pour mettre sous le buste du Marquis de L....

Du mal qui le frappa, L.... eût pu guérir;
Il contempla son siècle, & se laissa mourir.

CHANSONS.

LES JEUNES-GENS
DU SIÈCLE.

Sur l'air : *Et d'être Maîtresse d'Ecole, quand je la suis de Colin.*

Beautés, qui fuyez la licence,
Evitez tous nos jeunes-gens ;
L'Amour a deserté la France,
A l'aspect de ces grands enfans.
Ils ont, par leur ton, leur langage,
Effarouché la Volupté,
Et gardé, pour tout apanage, } *bis.*
L'ignorance & la nullité.

Malgré leur tournure fragile,
A courir ils passent leur tems ;
Ils sont importuns à la Ville,
A la Cour ils sont importans.
Dans le monde, leur voix décide ;
Au Spectacle, ils ont l'air méchant :
Par-tout la sottise les guide ; } *bis.*
Par-tout le mépris les attend.

Pour eux, les foins font des vétilles,
Et l'efprit n'eft qu'un lourd bon fens.
Ils font gauches auprès des filles,
Auprès des femmes, indécens.
Leur jargon ne pouvant s'entendre;
Si leur jeuneffe peut tenter
Ceux que que le befoin a fait prendre. $\brace$ bis.
Bientôt l'ennui les fait quitter.

Sur leur air & fur leur figure,
Prefque tous fondent leur efpoir;
Ils font entrer dans leur parure,
Tout le goût qu'ils croyent avoir.
Dans le cercle de quelques Belles,
Ils vont s'étaler en vainqueurs;
Mais ils ont toujours, auprès d'elles, $\brace$ bis.
Plus d'áifance que de faveurs.

De toutes leurs bonnes fortunes,
Ils ne fe prévalent jamais;
Leurs Maîtreffes font fi communes,
Que la honte les rends difcrets.
Ils préfèrent, dans leur ivreffe,
La débauche aux plus doux plaifirs,
Et goûtent, fans délicateffe, $\brace$ bis.
Des jouiffances fans defirs.

Puiffent la Volupté, les Grâces,
Les expulfer tous de leur cour,

Et favorifer , à leurs places ,
La gaieté, l'efprit & l'amour?
Les déferteurs de la tendreffe
Doivent-ils goûter fes douceurs ?
Quand ils dégradent la jeuneffe ,
Doivent-ils en cueillir les fleurs ?

LES PASTORALES.

Même air.

Nous en avons de toute efpèce :
Paftorales d'Amans fenfés,
Paftorales de pure ivreffe ,
Paftorales d'Amans blafés ;
Chacune eft fi bien affortie ,
Qu'on voit des bêtes fans beauté,
Qui fe prennent par fympathie , } *bis.*
Et fe gardent par charité.

Chaque jour , renaît dans nos âmes
Le germe des tendres plaifirs ;
Il ne manque plus à nos Dames,
Que l'art de fixer nos defirs.
Déja plufieurs avec adreffe
Ont fu feindre le fentiment,
Et faire parler la tendreffe } *bis.*
Au défaut du tempéramment.

Il eſt auſſi des Paſtorales,
Dont l'eſprit ſeul fait tous les frais;
On y fait l'amour par cabales,
Et l'on mépriſe les attraits.
Pour un bel eſprit tout eſt roſes,
Il s'aveugle ſans s'attacher;
Et ſa plume encenſe des choſes,
Que nos doigts tremblent de toucher. } bis.

LA BONNE FIN,

ROMANCE.

Sur l'air *de Malboroug.*

LISE entra dans le monde,
Avec joli pied, gorge ronde;
Liſe entra dans le monde,
Mais Liſe n'avoit rien.

Mais Liſe n'avoit rien;
Plaire étoit tout ſon bien :
Elle enflâmoit le monde.
Avec joli pied, gorge ronde,
Elle enflâmoit le monde,
Mais en mourant de faim.

Mais,

(17)

Mais , en mourant de faim ,
Peut-on aimer fans pain ?
A la fin, fon cœur gronde ;
Malgré joli pied , gorge rondé,
A la fin fon cœur gronde.
Et cherche du fécours.

Et cherche du fecours
Dans le fein des Amours.
Chacun vient à la ronde,
Payer joli pied, gorge ronde ;
Chacun vient à la ronde:
Un feul eft accepté.

Un feul , bien préfenté ,
Suffit à la Beauté.
Damis, que tout feconde ,
Saifit joli pied, gorge ronde ;
Damis, que tout feconde,
Prend tréfors pour tréfor.

Prend tréfors pour tréfor.
Life roule fur l'or.
Elle fait dans le monde
Briller joli pied, gorge ronde ;
On vante dans le monde,
Sa fortune & fon cœur.

Sa fortune & fon cœur :
Life croit au bonheur.

B

Faut il qu'un cœur se fonde
Sur joli pied , sur gorge ronde ?
Faut-il qu'un cœur se fonde
Sur un Amant trompeur ?

Quoi ! Damis est trompeur ?
Oui, Damis est trompeur.
Pour la plus triste blonde ,
Il fuit joli pied , gorge ronde :
Oui la plus triste blonde ,
Lui dicte un trait si noir.

Lui dicte un trait si noir.
Lise est au défespoir.
Dans sa douleur profonde ,
Adieu joli pied , gorge ronde ;
Et sa douleur profonde
Demeure dans l'oubli.

Dieu ! Quel mal que l'oubli !
Il fait naître l'ennui.
Lise veut fuir le monde ,
Cacher joli pied , gorge ronde ;
Mais vivre loin du monde ,
Il faudra succomber.

Pour ne pas succomber ,
Lise veut y rentrer :

Le plaisir la seconde ,
Conduit joli pied , gorge ronde ;
Le plaisir la seconde ,
Et dirige ses jeux.

Il dirige ses jeux :
Il en sort mille feux ;
On revient à la ronde ,
Fêter joli pied , gorge ronde ;
On revient à la ronde ,
Et chacun est content.

Chacun , pour son argent ,
Eut le titre d'Amant.
En trompant tout le monde ,
Avec joli pied , gorge ronde ,
Lise aima tout le monde :
Tout Paris fut constant.

LA FAUSSETÉ,

CHANSON.

A MADAME DE F.***.

Sur l'air : *Laissons leurs Amans , leur tendresse.*

Sans te blesser, je veux te faire
L'éloge de la Fausseté.
Si, quelque tems, j'ai su te plaire,
Je lui dois ma félicité.
Si d'abord, prenant son langage,
Tu consentis à m'écouter,
Je lui dois encor davantage,
Quand tu jures de me quitter. *bis.*

Qu'une femme fausse est piquante,
Lorsque son penchant la trahit,
Sa perfidie intéressante
Subjugue le cœur & l'esprit;
Rien n'alarme un Amant habile;
Et le parjure est si commun !
Toi même feint d'en aimer mille,
Pour te venger d'en aimer un. *bis.*

Être infidèle avec adreſſe,
Eſt ce qu'on exige aujourd'hui ;
L'inconſtance eſt à la tendreſſe,
Ce qu'eſt l'enjouement à l'ennui.
Avec la triſte ſympathie,
S'endort la triſte vérité ;
Ton ſexe eſt faux par modeſtie,
Le nôtre l'eſt par vanité. *bis.*

LES SOIRÉES
DU PALAIS ROYAL.

Sur l'air du Vaudeville *de Figaro.*

Vivent les nuits étoilées,
De ce jardin enchanteur,
Où nos femmes ſont voilées
Aux dépens de la Pudeur !
Deſſous les fraîches allées,
La moins ſage eſt à l'abri
De la honte & du mari. *bis.*

La femme, mûre & facile,
Y vient tromper un moment ;
Mais la jeune, plus ſubtile,
Trouve la main d'un Amant :

Alors, par un charme utile,
Aux doux accens des chanteurs,
La voix manque aux spectateurs. *bis.*

Mais, chut ! on y voit sans cesse
Les Illustres de la Cour,
Se délasser, dans la presse,
Des bienséances du jour.
Aisément chaque Princesse,
Docile à son écuyer,
Saisit le ton du quartier. *bis.*

Ce mélange d'imprudence,
De tendresse & de gaieté,
Depuis quelque tems en France,
Fait notre amabilité.
La prude & froide Décence,
Combat, gêne tous les goûts ;
La Licence les joint tous. *bis.*

CHANSON
A UNE FEMME,

qui me haît, parce qu'elle m'a aimé,

Sur l'air : *Je ne vous dirai point , j'aime.*

EH ! pourquoi cette colère,
Je ne t'ai plu qu'un moment,

Peut-on être si légère,
Et rougir d'un sentiment?
Aimer, jouir & paroître,
C'est le sort de la Beauté,
Et la honte ne doit naître,
Que pour l'infidélité.

Si tu naquis aussi belle
Pour aimer des plaisirs faux,

Permets-moi d'être fidèle,
Et couronne mes rivaux ;
Mais distingue mon hommage,
Ou bannis-moi de ta cour :
Les faveurs que l'on partage,
Sont des rigueurs pour l'amour.

Ah ! plutôt sois moins farouche,
Cesse d'éviter mes jeux ;
Un simple mot de ta bouche
Peut encor me rendre heureux.
Le Ciel, comme une merveille,
Fit ton organe enchanteur,
Pour adoucir à l'oreille
Les tourmens de notre cœur.

COUPLET

A UNE FEMME,

qui vouloit m'emprunter cinquante louis,

Sur l'air de *Joconde*.

Vous m'aimez avec intérêt,
Mon amour est extrême;
Mais acheter ce qui nous plaît,
C'est affreux quand on aime.
Bien loin d'arriver au bonheur,
C'est en tarir la source;
Et quand vous remplissez mon cœur,
Pourquoi vuider ma bourse?

LES DETTES,

CHANSON MORALE.

Air : *On compteroit les diamans.*

De Louvois, suivant les leçons,
Je fais des chanfons & des dettes ;
Les premières font fans façons,
Mais les fecondes font bien faites :
C'eft pour échapper à l'ennui,
Que l'homme prudent fe dérange.
Quel bien eft folide aujourd'hui !
Le plus fûr eft celui qu'on mange. *bis.*

Eh ! qui ne doit pas maintenant ?
C'eft la mode la plus conftante,
Et le plus petit intriguant
De mille créanciers fe vante.
En vain ces derniers font mutins,
Jamais leur nombre ne m'effraye ;
Ils font tous comme les catins ;
Plus on en a, moins on les paye. *.bis.*

Le Courtifan doit fa faveur
A quelque machine fecrette ;

La Coquette doit fa fraîcheur
A quelques heures de toilette :
Tout s'emprunte , jufqu'à l'efprit ;
Et c'eft dans ce fiècle volage ,
Ce qu'on a le plus à crédit ,
Et ce qui s'ufe davantage. *bis.*

Mais , avec un peu de gaieté ,
Tout paffe, tout s'excufe en France;
Dans le fein de la volupté.
Peut-on fonger à la dépenfe ?
Vieux parens , en vain vous prêchez;
Vous êtes d'ennuyeux apôtres :
Vous nous fîtes pour vos péchés ,
Et vous vivez trop pour les nôtres. *bis.*

PORTRAIT DE C***.

Sur l'air des *Trembleurs.*

SANS efprit & fans adreffe ,
Sans cœur , fans délicateffe ,
Sans fraîcheur & fans jeuneffe ,
C..... fe montre par-tout.
En dépit de la nature ,
Il récrépit fa figure;
Et plus il fe dénature ,
Moins il caufe de dégoût.

ADIEUX AUX MUSES,

Sur l'air : *Avec les jeux dans le Village.*

Oui , ma plume vous abandonne,
Mufes ! qui fîtes mon bonheur,
Je renonce à votre couronne :
Elle eft le prix de la fadeur.
Couplets joyeux , vives faillies,
Vous n'êtes plus chers aux Français ;
Ils vous font payer les folies ,
Prefqu'auffi cher que les fuccès. *bis.*

Par-tout règne le ridicule ,
Chaque état fert fous fes drapeaux ;
Dans tous les cercles , il circule,
Et par-tout il fait des héros.
Faut-il obferver fans rien dire ?
Oui ; fous le joug , il faut plier.
Comment hafarder la fatyre ?
Chaque vice a fon chevalier. *bis.*

*

EPIGRAMMES.

A MADAME DE F***.

Tu traites mon amour de crime,
Quand je demande une faveur,
Et tu crois gagner mon eftime,
En me refufant mon bonheur ;
Mais que tu faurois bien m'entendre,
Si je pouvois être difcret !
Et, Zélis ! que tu ferois tendre,
Si, par malheur, j'étois muet !

AUX AUTEURS,

QUI PORTENT DEUX NOMS.

De tous vos noms, l'affemblage importun
Eft ridicule, ou du moins inutile ;
Car, entre nous, il vous eft plus facile
D'en prendre deux, que de vous en faire un.

AU MARQUIS DE F***.

Ami ! Pourquoi, dans nos orgies,
Être, de Dieu, cenfeur amer ?
Tu perds le fel de tes faillies,
A les tourner contre l'enfer.
Apprends ce mot d'un grand Génie :
« Pour critiquer un tel objet,
» Il faut attendre l'agonie ;
» On eſt plus près de fon fujet «.

AU COURIER

DU BAS RHIN,

qui a fait une Fable fatyrique contre la France.

Digne Écrivain des Vifigoths,
Qui crois bleſſer la . . . . . ., en bleſſant fon langage,
Et veux, en te cachant, garantir ton héros
　　Du malheur d'avoir ton fuffrage ;
Fais-toi plutôt connoître ; &, bravant Apollon,
　　Brave les coups que tu t'apprêtes :
Quand on fait auſſi bien mettre en fcène les bêtes,
　　On doit favoir figner fon nom.

ARMANDE a pour esprit l'horreur de la satyre ;
Armande a pour vertu le mépris des appas :
Elle craint le railleur, que sans cesse elle inspire.
Elle évite l'Amant, qui ne la cherche pas ;
Puisqu'elle n'a point l'art de cacher son visage,
Et qu'elle a la fureur de montrer son esprit,
Il faut la défier de cesser d'être sage,
    Et d'entendre ce qu'elle dit.

CLOÉ, belle & Poëte, a deux petits travers ;
Elle fait son visage, & ne fait point ses vers.

ÉPITRE FAMILIÈRE
A UN JEUNE FAT,

qui tremble en se mariant.

Ah ! que nos jeunes-gens font de petits génies !
Qu'à travers tous leurs airs, & toutes leurs manies,
Ils me paroiffent neufs ! Sais-tu , mon pauvre ami,
Qu'au fond , tu n'es encore imprudent qu'à demi ?
Tu vas te marier, & tu te crois à plaindre ?
Quelle erreur ! A ton âge , eft-ce qu'on doit rien
        craindre ?
Quand on a quelqu'efprit, & quand on a goûté
Tous les amufemens de la fociété ,
Feint quelque fentiment , brufqué quelque rupture,
Déja fait éclater quelqu'honnête aventure ;
Une fombre union, avec un jeune objet ,
Des intrigues des fots , pour un moment diftrait,
Devient, contre le bruit, un afile commode :
C'eft le lit de repos d'un jeune homme à la mode.
Sans rivaux , fans obftacle, & fouvent fans defirs,
Il ne goûte d'abord que d'affez froids plaifirs ;
Mais bientôt dans le monde , on le voit reparoître
Avec cet air heureux, que les fuccès font naître,
Qui, des femmes fur tout, pique la vanité,
Et les fait renoncer à leur timidité.

Pourquoi les fatiguer d'une ardeur inutile ?
Tôt ou tard on parvient. Ce sexe est né facile ;
Les gens entreprenans le gâtent par malheur,
En risquant quelquefois de subir sa rigueur.
Un homme intelligent est bien moins téméraire ;
Le sang froid du mérite est toujours sûr de plaire.
L'amour que l'on déclare, est un Dieu suppliant ;
Mais l'amour qu'on accorde, est un Dieu triomphant :
Voilà comme on pensoit, du moins dans ma jeunesse.
Aujourd'hui, l'ignorance a dégradé l'espèce :
On ne sent l'agrément, ni la valeur de rien ;
Un mariage effraye un cœur comme le tien,
On se livre d'avance à l'ennui qu'on calcule,
Tu prétends être un fat, & crains un ridicule ?
« Hélas ! me réponds-tu, s'il faut m'abandonner
» A ces détails bourgeois qui vont m'assassiner,
» A de nouveaux parens, ne faudra-t-il pas plaire ?
» Se résoudre à des soins pour une Belle-mère ?
» A sa fille novice, au moins faire espérer
» Que j'aspire au bonheur qui doit nous enivrer » ?
Et c'est-là, pauvre esprit, tout ce qui t'embarrasse ?
Je ne te connois plus, & je sens qu'à ta place,
Je rirois de bon cœur de ma position.
Toute mère est sujette à la prévention.
Avec cet air ouvert, & sans cérémonie,
Ce ton qu'avoit jadis la bonne compagnie,
Tu séduiras la tienne en deux heures de tems.
Quand tout lui convenoit, elle avoit vingt-cinq ans ;

Tu

Tu lui conviendras bien , quand elle en a quarante.
La Beauté qui s'éteint , n'eſt pas encor pédante.
Quant au timide enfant , tu dois même en ce jour,
Folâtrer avec elle , en lui parlant d'amour.
Cros-moi ; l'on peut aimer ſa jeune Fiancée ;
Sa tendre impreſſion eſt ſi tôt effacée !
Elle n'a de ſon ſexe encor que la fraîcheur ;
Sa pudeur eſt naïve , & même ſa rigueur ;
On jouit quelque tems des deſirs qu'elle excite,
Et le jour qu'on l'épouſe , eſt le jour qu'on la quitte.

F I N.

TABLE

DES MATIERES.